朱天詩集

野獸花

推薦文

陳黎

朱天的處女詩集《野獸花》，散發著詩與生命的原始力量，一股濃郁的對美善與真的渴望。詩人劈大塊宇宙、自然為詩篇，從卑微的人事、困頓的人世，提煉詩，淬鍊愛。詩於朱天，是一種信念，單純如野地之花，叢林之獸：外顯的姿態，內在的律動，被詩人的敏感展衍為種種形象。那花眼，獸眼，遂成為垂憐人心的詩眼！

——陳黎（詩人）

代序／堅實與夭矯

楊昌年

一、堅實之神

這位青年大名「朱天」。第一次接觸時立即聯想到「諸天神佛」，嘿！口氣不小咧！如今要來為他的詩集寫序，首先要簡單介紹的就是我對他的一些基本理解：由慘綠少年到年屆而立，這一段金色華年的軌跡歷程裡，雖然沒什麼險巇危殆，奇特轟烈，但也殊異於一般青年的蒼白平常。作者與我年齡差了半個世紀，在我們那個年代是「天天難過天天過」，如果一天平順沒什麼難處，是不敢相信的！落差五十年，朱天的日子比起我當年來好過多了；當年的貧苦坎坷者俯拾皆是，到如今已是稀有罕見；若偶然發現了一個，大家反倒是將其視為「珍品」而善加照拂——朱天就是屬於這一種！在學生輩中，他是比較困苦的。我之於他，一如《儒林外史》中的周進遇到范進；所幸找到了同類之後，我立時伸手將他緊握拉拔，真好像是在清一色的花朵綠葉之中竟乍現有一株綺羅，以它特有的歛抑清香引我瞿然。

至於其詩作的意境，亦即內在的「神」，對我而言是十分堅實可感的（另，由於作者名為天，故又可簡稱為「天之神」）！其中，因身為烽火餘生老兵的第二代，故而他筆下父執輩的形象特別親切鮮活，如：「在你無法放聲高歌與怒罵之後／宇宙瞬間壓縮為社區圖書館至臥房的偉大疆域」（〈老王〉）、「初春靜默／傷疤與動章齊聚胸口／喋喋不休」（〈砰！米香〉）；而詩集內容中最多的，當是他生活經歷的點滴抒寫，如：「出產佳人的北國山鄉／松下無人可問……」（〈隔水對話〉），透露他在師大國文系所受的濡染）、「山顛海竭／只為忮求一雙相握的手」（〈越腐詩新註〉，表達孤獨希侶的企求沉重）、「我以帶血的思緒為足／追蹈前方引路的真理／儘管腳印尚未踏破天地的皮膚／記憶已雕塑每一枚昨日」（〈野獸花〉，則有坎坷躓踣的回首感慨，沉重如石）……。

而一切創作表現都與時代息息相關。序文撰寫之際，正值國內食安嚴重崩壞之時：奸商之黑心、官員之顢頇、司法蝸步到網漏吞舟，在在都使我國人憤怒而惶然；儘管朱天在集中所表現的或尚不及此，但透露的關懷卻是同理——如：「無重力無方向無好壞無過去現在與未來／價值早已在持續翻滾中混淆」（〈歸途〉，有批判現實的嘆息〉、「十分鐘前輾過的柏油路口沙啞陳述：天堂／陰晴圓缺」（〈月奔〉，亦有現實反諷）、「當世界的容顏被世界扭曲／（迴游式的鯊魚必須一生洄游）／當歸家的夜行者誤入霓虹的陷阱／（海水流來生存的希望，生命的苦）……當所有的情緒宣洩前必須通過框架的評鑑」（〈不如歌〉，有沉重的反諷，也有著力的呼告）。

當然，與我同屬「人之患」群體的朱天，也對時下張皇失措的教育制度、學校、學生的諸多敗象，感受深刻：像是「遠方，人立如刀／以目光橫劈殘局般的教室／遲到的名字，在大門與鐘聲之間／像一枚孤卒／臨河踱步」（〈夜觀〉），由此可見這年頭的宰予何其多也）、「十歲孩童至少要懂十項才藝」（〈病島〉），其中一項病徵，即是填鴨式的教育）。另外，除了針對具體事件有感而發外，作者對於普遍真理的省察，亦於詩句中多有流露：如：「再見了，我兇猛的恨意、任性與驕傲／噬盡一切弱小的堅持之後／我，即是自己的糧」（〈獸裂〉），或有「我日用糧」般的宗教體悟，故能自省革除諸多不當的原型）、「一朵紅到無法直視的玫瑰／如同世上的愛／甜美，帶刺」（〈紙是〉，可見物性不全、優缺互見、一體兩面的真相）、「在斑駁的年代依然相信／婚姻是一場以年歲為柴薪的試煉／悲歡作火／體諒成爐」（〈婚迷〉，可貴在於這位未婚的男生竟已提早了解到婚姻的真諦）等。

二、夭矯之形

再者，我也頗為欣賞朱天的詩作之形，宛如龍之夭矯有姿！其詩中長句，往往具有張力，如：「金屬船艙柔軟到足以容納所有亟需醫治的失血之悔恨」（〈救贖之航〉）、「古蹟保育疫情控管不比日記本複印的眼淚重要」（〈夜行〉），以及「迎風處一對父母以相機複製相距三十年乘與三十步的稚子」（〈秋之外〉）等。

其次，充分彰顯出抒情之可感的婉轉詩句，亦常見於集中，如：「我考古時間的修辭／遂得證／記憶散步的小徑／與此處同溫」（〈夢移〉），能見逝水流年中的點滴，常在作者心頭）、「應景的花季瘦了　一如你／呼吸盈盈一握」（〈春天離開我不在〉），有如水的古典意味）、「粉紅而溫暖的霧／緩緩撫摸櫻花池畔／——開始或結束／都是胸口一朵鑲藍邊的雲」（〈三月藍〉），想是作者試教附中時的憶念，最是溫婉），以及「那年盡情起落的音符早已／飄向月河流潤的城堡，在／天空」（〈歌未央〉，充滿對錦繡華年中合唱團時代的感懷，聲斷隨風、情長縈響）。

　　但畢竟是個大男生，能勇決而不避醜暗地善用形喻，使詩句充具強力，如：「回首歸途，無聲的座標早已發酵／黏膩垢漬以腥臭指引退路」（〈稗將〉，以重疊醜感強化感官刺戟）、「秋光衰老到無法邁步／夜，突然破出一處過胖的洞」（〈漫漫〉，「過胖」形喻鮮活）、「在遠方的眺望中，一位舞者／擺脫被強行切斷的前世，翩然／躍動，儘管青春早已伐盡／頭顱隨著夕陽，滾落」（〈變形：▽、無頭舞者〉，似有眾多悲愴感觸的綜合，結尾強力懾人）。

最後，在詩作的整體形構上，朱天也曾試驗散文式的分段詩，如「吃情」篇中的〈永不結束的故事〉與〈未了〉二首；我以為，不管是分行詩還是分段詩，作者都應當左右開弓、兼擅使用，該用何種當視詩作題材而定——就如舊時代的十八般武藝：馬上用長矛大槊，馬下用單刀短劍；遠處用弓箭繩套，近身使匕首摔跤。運用之妙，存乎一心，全看當時的情況隨機應變。

三、珍重前行

還有沒有什麼要叮囑的？確有一些；只是我一向尊重學生的自我，所以在有關詩創作這部份，願以建議行之：第一，是在表達理念或是宗教悟得之時，還宜使用譬喻，注意含蓄象徵，務必避免顯明。第二，是期成——古今中外詩家之所貴者在只屬於他一己的風貌之構建，盼望終能看到你的「朱式」而非「諸式」。

生活之目的，說白了無非在求取一些快樂；不過，誰都知道人生的快樂是少有的！但「人之患」者都擁有他們特別的薪（辛）酬：因為教者常能付與生徒們一些獲得而使之快樂，故也常能由學生的回饋中收到一些快樂。剛能站立（卅歲）的你，可行、應行之途已確定如我一般，是一條與富貴絕緣且又常不免孤寂的教者道路；而人生之途既定後，還須時時省察三事：不但要以尊重、全盤付出的態度面對自己的學生，要使他們能有收穫、能快樂；還要記得薪火相傳之理，及時回顧你的火傳源頭，注意承祧延伸不容中斷；更且要致力於教學、研究、創作三合一的持續進展，在此三環相輔相成、日新又新下，必能力行有成。

願以我的真誠為你奠石，送你揚帆去乘風破浪，尋得你內心嚮往的桃源風景，建樹你璀璨、快意的人生。

是為序。

二〇一三、十一、十七

*楊昌年，一九三〇年生，國立臺灣師範大學國文系教授，於創作、教學與研究領域均有所長，尤擅古今小說、現代散文與現代詩：著有《二十世紀中國新文學史》（合著）、《現代散文新風貌》、《現代詩的創作與欣賞》、《古典小說名著析評》與《現代小說》等十餘書。創作方面，以散文、論評為主，曾於聯合、新地文學與人間福報上以專欄形式刊載，多次集結成書；又曾以「獨抱樓主」筆名作武俠小說十一部。教學方面老師曾在師大國文系開設「近代文學史」，每期學生數皆逾百人；研究所則授有「近代文學史研究」，自一九七六年起指導碩博士研究生共七十四人，並於耕莘文教院開設寫作班四十五回。

目次

煉人

蹈理

吃情

愚想

嚐事

救贖之航

雨，奮不顧身墜落
潮水在樓底，面目模糊
嗚咽，奔跑
時間是助燃的風
當鐘聲起舞
夢，竊走開關
泡沫、氣球、巨石紛紛傾瀉
自甬道，船隻航近

碩大如神話……
災難以遞降的步伐退去
希望從漸升的足音傳來
你規律揮手，召集一切待救的傷口：
尾巴、爪子、甲殼、鱗片
四腳的平視
兩足的仰望
金屬船艙柔軟到足以容納所有亟需醫治的失血之悔恨
絞痛之憂傷、潰爛之茫然
主旋律，在眼淚與祈禱之間迴旋
遠方，閃電尖銳指出
比門縫還窄的方向，比呼吸

更輕薄的代價——相信、相信與相信
雷鼓轟然後，背影匍匐
黑，驀然驚醒成嗷嗷待哺的黎明
海和天以全身的藍溫柔褓抱：
蝴蝶，自疤痕破繭
樹，從病痛結果

歸途

當你孤寂到把身體丟入宇宙
隕石是唯一的眼淚
逃亡者只能以灰塵美容
異星系的閒言碎語高速追撞
保命工具、高傲文明、正向自信
皆如紙雕精細，禁不起命運無意搓揉

心極度缺氧，漂流在黑暗與黑暗之間
無重力無方向無好壞無過去現在與未來
價值早已在持續翻滾中混淆
牽絆比四散的電波更細
星河壯闊、日輪輾轉的確是沿路風景無窮無際
風景始終以遙遠為前提

暈眩很近
失落與茫然蠕動如紮根腦部的寄生蟲
成功，恐怕是早已熄滅了不知多少萬年的古早星光
神，仁慈遮蓋人類雙眼以免死期直接攻擊
在瞳中水晶停止折射前，安靜領受

對於犬吠與嬰啼種種暖色系的想像：
下一位陌生人可能帶來禮物
下一行，還有足以燃燒的信心……

失重航程裡，倚靠祈禱
棺材、車廂、床，都是寄居的殼
啟示來自不斷漂流不斷尖叫
——降落，只是一躺相反的起航
為了擁抱，只能放手
當身體內外已被火焰正反辯證
莊重凝合的只剩呼吸之喜悅、行走之幸福
就算仆跌到以雙唇親吻大地

獸裂

再見了，居住在心中的虎
當風暴蜷成深紫玫瑰
當海浪打出唯一的節奏
該如何好好道別，向所有突如其來
又如閃電流竄的驚嚇與驚喜

心頭的猛獸，再見
汗漬與鮮血即是生命

素顏的味道，我已領悟
手起刀落
繽紛的情緒與變形的思考
都隨意外落幕而長大

再見了，我兇猛的恨意、任性與驕傲
噬盡一切弱小的堅持
我，即是自己的糧
排泄、捨棄
裸成一縷光
心底的湖，日夜都有星辰與花
以晶瑩守護

蝸牛之戀

滑嫩的葉面，以緩於世界的速率爬行
慢慢，把往事背負成螺紋狀的山
危顫顫摸索，恍若溺於漿糊
撥開看不見的浪，從街角從時代從旁人的黑眼圈

另一股濕意隨夜風浸透呼吸
想像，比稀薄的現實更加濃郁
從兩顆點爬成一條線

從黏稠到雙倍的黏稠

繼續滑步，繼續求索
繼續摸黑的堅持與濃烈
朝同一個方向，把遠方看成起點
直到潤飾出生命中沉重而飽滿的足跡……

愛

滬尾遊感

魚以波紋為土壤，躍出鮮嫩的花
河畔黑泥忍痛擠出幾許綠，如地上星
螃蟹橫行，時間也是
彎曲成丘的鐵橋，以發紅而空洞的眼見證
粉橘晚霞是每日的限量新裝
鷗鳥將落日啄成坑坑疤疤的夜

浪，推翻了昨晚的山
層層疊疊的雲手，指揮燈與眼合唱

風景，悄悄擦亮路過的心窗
光與光再次流動
旅客游竄成面目模糊的城市
對話或故事，漫言於風

堤內堤外的喧鬧都被夜牢牢攬抱
河流罷工，燈影遂點亮滿滿的燭
靜謐是鬧區謝幕後免費發放的禮物，當
晨曦未醒，航班已過

車過黃昏

八月的汗，昇華成天空
飄灑的珍珠
淋漓過後，霓虹的氣味一如
半杯放涼的紅茶與街口叫賣的烤香腸
雲，任性流動成一尾害羞的魚
與水相忘，不復討論
關於你是否窺知我
快樂的源泉

月奔

搖醒沉睡的引擎向月向山路嘶吼
緣分為油，笑語當輪
壓遍紅塵喧囂而至山坡
山坡遠離燈火和標語，手錶和電視機
不聞旁人嘈雜的眼神與過分燙口的關心
這，是手指昂揚的終點
亙古守護黑夜守護夢想守護白日種種害羞
月光過藍

安詳搗藥的兔子角落私語
「蒼天亦老」……回首
看月
不料背後竟是倦食人間煙火的嫦娥歡顏
純真如異國之雪
儘管人人稱頌的圓滿已圓過了秋滿過了白頭
子午線微涼
月影共乘的椅墊稍大
十分鐘前輾過的柏油路口沙啞陳述：天堂
陰晴圓缺

夢移

兩旁樓房挺拔如山
谷底長滿隱者
童年被團團圍繞
天
與五樓公寓等高

雜貨店與霓虹之間
我考古時間的修辭

遂得證：
記憶散步的小徑
與此處同溫

在比目光還短的路
夢想合法移民
我是王，落地生根

春天離開我不在

春天離開我
不在三月的風
應景的花季瘦了　一如你
呼吸　盈盈一握
城市浸泡在令人不安的白
眼窩住進冬季的霧

春天離開
風暗藏刀劍

傷你　成上一季的凋殘
當痛比孤獨更加銳利
你的血集體逃離身軀
眼神掙扎如冬末的葉
我已不在　你的三月

春天　離開我不在的故鄉
紅鏽紛紛墜樓　自欄杆
自九重葛纏綿的天窗
紙灰飛舞　落成黑雪
盡覆　異鄉之春

春天離開　我不在
缺席的現場　風疾葉落
腦海溢出鹹澀的你
記憶的寒流終會遷居
天藍　　　草綠
雲白　　　泥紅
　春季　未來

煉人

老王

老酒宜慢飲，當夜
相片越多電話越少房屋越大窗戶越小
切兩盤回憶三碟藉口與影子共謀一醉
（的的確確，夜來香在陽臺蒐證）
笑聲震落電視螢幕的八股悲劇
遙控器隨唾液緩緩下墜……
傷痕，隱隱作夢

在你無法放聲高歌與怒罵之後
宇宙瞬間壓縮為社區圖書館至臥房的偉大疆域
不顧眾人直諫你堅持跨上以排煙管喘氣的紅駒
閱報如閱兵：知識、八卦、新聞、奇談
準時上朝
洞察時代痼疾社會隱患並以此註解家中
一本始終難唸的經：「後悔
太早讓他看見天空」
客廳音響堅持現場演唱二十年前流行的旋律：得意地笑
我得意地笑但不知如何否認
槍與枴杖的必然關係

花，被綁在春聯的頂端乾燥永存
和煦秋陽鑲嵌成客廳地板最肥嫩的畫
風從微破的藍天釣起骨子裡不肯屈服的刺
雨落成夜
香，不請自來

稗將

一卷奔波的戰爭史：

脫皮牆壁四面注視，你
不斷試著擺正毛毯如方城，你
呼喚再呼喚，等候隔牆的援軍征討
隨意扭曲的棉花

小腹之下，此生尚未消化的冷漠
入夢之前融化，流竄如逝去的年華

暗黃潮水即將迸發
淹沒皮帶，胸章，與傷疤
再次的呼喊，呼喊
疲乏的盟軍扶持你走出溫暖
踱過黑暗——稀疏的雨水
幸福滴灑

回首歸途，無聲的座標早已發酵
黏膩垢漬以腥臭指引退路
無月之夜，你終究擱淺
瓷磚之上，如舟筏任時間衝撞
沖回產夢的被窩：陽光重生

黑髮濃郁如夏
山峰長成飽滿鼻樑
雙腳是疾逾雲豹的車輪
世界扛在肩膀
如同你年輕的步槍

所有直線再度融化，當
新一輪的太陽再度注視人間之夢
你墜落，以發抖的掌
鼓動永恆的飛翔，我只能
以蒼白的想像，覆蓋過往

你的戰爭，安眠於火焰的床

推衍

時間在背後推動
我又來到你小小的屋前
如同當年的你
被時間推出我的眼界
如同北方的冷鋒被推到遙遠南國
鑄成滿天柔柔的針

野獸花
煉人

春天，被戳成千瘡百孔的紙袋
柳樹以新生的線，蜜蜜縫補
傷口，漸漸成繭

天空繼續蔚藍
從此，你安然停留在我的黑眼圈
終究有風，吹動
如雲的世界，吹動
種在你屋前年年生滅的青翠

逆母

天亮了，蓬鬆長髮才肯入睡
鐘聲的懷抱，收留昨夜：
灰塵與水滴的纏綿
抹布和掃把的殺戮
新月在窗外緩緩發胖
磁磚之上，妳玫瑰的容顏
倒懸而乾燥

遺忘時光與我加速奔馳的方向
在下一輪黃金午後，風推開如霧之窗
手掌依然擦試髒汙與光線交戰的痕跡……
童年萎縮與脊骨抽芽，我
知道，翻譯子女只需一碗微甜的安靜。
妳消化不良

天地再次暗紅，世界是妳
新貼的春聯
我灰塵般長大
遠行，如旋轉的水珠

星語

彩色軌道逐漸拋棄初生的座標
我們是行星　以閃光緊緊相依

當你還在母體盪漾
我的聯想已淹過堤岸

眼淚伴隨爆炸響起
我們以劇痛證明手足的關係

從鮮嫩的注視　你貪婪呼告：
掠奪全世界的愛　霸佔我的太陽

我只能停在起點　等待
等你的雲走　我的風來

我開始走向另一條小徑
你仍固執如背影

——我恨你

嫉妒是水　總在夜裡失禁

當青春腫成你臉上的山丘
我在彼端　以沉默獻祭

我開始懷念童年的無語
當你也被命運逼供

失去座標　我們從傷痕提煉未來的食糧
鼾聲是星圖　僅存的合唱

砰！米香

砰

皺紋佔領耳畔
灰髮緩緩立正
陽光以四十五度角淋落
午後，稍稍過甜
——爆炸聲後
初春靜默
傷疤與勳章齊聚胸口

喋喋不休

砰砰！

胸膛依舊有火
炙烤眼眶不斷墜落的米粒
無畏前方鎔爐吞吐時間為焰
選擇以驚動天地的巨響證明生命
終須有一回
香

砰砰砰？

當晚風漸濃漸闊

他被推出矇矓的街道
人影漸少　枴杖漸彎
路　堅持走完
……米香不碎
只是各自
求生
總有一粒米，跨越
夜的邊境
夢土抽芽

三月藍～～附中1085

黑幕初降的小小街頭
雨落無聲

十字路口忙亂異常
體內的宇宙崩解迸散
你們
驀然出現在萬千人流的彼端
微笑向我：

「起立（十七歲的青春無畏
挺立），立正（我願分享生命
一切正直美好），敬
禮（當號角清亮引吭）

讓我們再度朗誦……一段課文：
『世界永遠規律、精準、清新
藍天濯洗所有初生的夢與愁喜
藍色大門
城堡亮白
唯有呼吸始終如深沉的火山』

號角再度響起
我又獨對滿街逆向怒潮
窗外綠樹依舊靜好
粉紅而溫暖的霧
緩緩撫摸櫻花池畔
——開始或結束
都是胸口 一朵鑲藍邊的雲」

你們夢著我不會編的夢
天空小於自己的眼睛
讓世界聽我們的節奏　反覆
一曲青春的混聲

夜觀

野獸花
煉人

第一節：點名

樓梯如黃昏的戰鼓
靜待足印擂動
新的一夜，落筆自士兵衝刺
挾帶傷痕、汗漬與便當
急停於狹小若棋盤的桌旁

黑板在前，黑暗在後
下一步，先趴倒再說

遠方，人立如刀
以目光橫劈殘局般的教室
遲到的名字，在大門與鐘聲之間
像一枚孤卒
臨河踱步

第二節：吃飯

吃，毋須督促的主科

課桌被耕耘成長滿飯粒的田
走道是香氣濃郁的阡陌
白日的苦甜
調味了晚餐的酸鹹

頭顱低垂，舌齒積極領悟

第三節：講話

各式話題騰升如煙火
複製生命的顏色：

辦公室暗灰
工地泥黃
白色滲透殯儀館
電話紅紅直銷……

直到講臺爆炸

學生如草
狂風底自然生長

第四節：睡覺

清醒的目光坐成燈塔
努力搜索，時間的偷渡

彎曲的背脊突兀成島
呼吸的島嶼安穩入眠

一道道脆弱似粉筆的呼喚
釣不起沉浮於口水的頭顱

沒有紙筆沒有夢的人
嘴巴獨立成喧囂的海盜

第五節：下課

在鐘聲尚未消散成漆黑的教室之前
人影紛紛
化身浪濤
撲向街燈渺小如眼屎的道路
左右屋房早已閉目
無緣見證一朵一朵的魔術
起飛自微燻的薄唇
孤獨是霧
矇矓了整座城市的下半身

熱舞

舞者，在發燙的柏油證道
金黃裙襬搖晃成最後的翅膀
汗水是衣袂隆重的墜飾
生命與布料
共同飛翔
足印持續吶喊
頭顱垂拜遠方
把把青絲傾獻為祭品，虔誠地

撫摸柏油的臉
虔誠地，以皮膚擦亮
每一瞬天光

舞者，挺立如箭
穩穩站在大地之弓
我的心弦——
向四方的風景宣告：
肉身翻騰
壓伏時間
指掌之扭轉，腿腳之曲折
皆為丈量宇宙的刻痕——當

黑土綻放
朵朵黃花

世俗的號誌已從道路移除
車輛紛紛定睛
圍觀的眼神結霜……藝術與
痛苦，如同
螳螂之交尾
吞噬與創生同步
殉道者，以跟斗代替行走
手腳滾動成輪
輾過影子輾過墜地死亡的汗珠

幻化出城市韻律的旋風：有人，與柏油熱舞

冒煙的午後兩點三十

陽光射不進迴廊角落
一根菸笨拙嘗試將妳點燃
嘴角到喉嚨　指腹至髮稍
背包裡曾被強制翻閱的詩集
雀躍投身向火　助燃
慶祝可惡的肉身
如絲抽離

遠
去

抽菸的陌生人
吐出一串長長的隱喻自青春的繡口
妳特調的嗆鼻繆斯
擴散血管　循環
靜
動

歌未央～～致合唱歲月

終於你我已上山
君臨生命
一切高低的絢爛與荒涼……驕傲有理
飛揚無罪……青春
青春適合夜夜聽
海笑的韻律，草吟的牧歌
在各自以長長短短的鞋印跋涉而終達唯一的
紅樓之後

野獸花
煉人

夜來香，夜風來香
臟腑陳年釀造的千言萬語是靜心等候
山茶滿道的唯一理由
揀一片你最愛的花葉只為
此刻萬家燈火仰視的山頭適合烹煮
四部混聲的清茶一壺
以那把恆溫千古的紅泥火爐

你還會來看我？在風暖的南夜碎裂成北日
涼風片片
點點滴滴，自陽關
微開的兩扇杉木如唇

一隻雁張臂擁抱蓄積千年的嘆息：離情
依依，離情為伊衣
那年盡情起落的音符早已
飄向月河流潤的城堡　在
天空

當落日替新星大方抹染胭脂於斷崖
於長路，而你也願意佇成一株以歌為葉的松
我還會來看你——只是
燈已亮
夜漸黑
歌，猶未央

城外

陌生的巨大的城，背影紛紛相遇
交錯而瑰麗，彼此初生的低語

不眠的紅磚道異常擁擠
歌聲傳遞的距離不斷被拉遠搓長一如相隔整座喧鬧的太平洋
波逝，浪往
來去之間，我們已瞬間熟習
耳朵如何素描

點選一匹最愛的鐵馬在
沒有柏油沒有高樓的島嶼中央
前進，前進，前進在黃金流潤的午後
山道蜿蜒，車輪滾出規律的長音
靜觀河水與頁岩的永恆攻防
壓不住的綠急急訴說地闊
天高
汗水灌溉一路執意自燃的山芒花
由白變紅
心事顛簸
關於坐擁雙重人格的所有心得‥殺手
紅／隱士藍……選擇／被選擇

恰似晚秋最後的蟬鳴
起——
——落
終於你我以西風劈斬出一線小徑
追日尋月，終於牢記繁複的生存法則
築夢：須在眼眸未熄之前，制服
皺褶之後
陌生的巨大的城，從此歌唱逆風的樂章
你我願生根為城外結果低垂的樹，細膩而燦亮

有聲書

樹葉不曾染紅的南方小城
盆地，適合思念深根

彷彿從未對妳歌唱
當季節輪轉如市區永不停歇的車流
記憶是一杯無蓋的咖啡
任憑風雨共嚐

野獸花
煉人

陽光烘焙的笑靨淚語
具有抵抗離散的養分
從熱到冷，從一卷劇本到下一卷劇本
在心底隱形的舞臺妳曾是
主角，當我尚未被寫成
一首充滿矛盾的現代詩之前

距離是美，距離是刀
所有渾沌朦朧的影像逐一成型
淡紅微熟的臉龐
遺刻下自由與命定的鑿痕——我

確信有歌，在所有礁群曲繞
峯谷起伏

以有聲的想像
我寫下一首具體而微溫的歌
……或許世界
充滿艱澀的符號
層雲之上
星空亮闊

隔水對話

沿城市的動脈逆流
無聲且熾熱　你我悄悄潛行至
出產佳人的北國山鄉
松下無人可問：雲飽食嫩紅夕照後
下一個停泊的路口究竟該
往左！偏右？

終於停下攻頂的皮鞋　當
花枝自模糊的淡水一躍而入我
虔誠熬煮的高湯……一碗濃稠如
彼此眼神的羹，欣然步入我的口我的鼻和
北投向晚的小巷縷縷

閉上善於拆解世界的嘴唇　終於
最後的問題，不過只剩長年與你小小書房遙遙相望的
隔水觀音，是否亦
惘
當日月相逢且邀白雲華麗起舞的片刻

蹈理

夜行

請容許我
吹滅一盞燈
浸泡在黑夜裡的心事
流成天上不枯的河
寂靜之後
推測該是絮聒的旭日與白雲
閒話人間短長
一根蠟燭對於少年還是必須

即使光焰咳出青春的紅
古蹟保育疫情控管不比日記本複印的眼淚重要
重要只是旁人以眼神鑄造的秤
放眼路盡處街燈閃耀黑白之間
種籽在屍骨著床
而當月光切割眼角如刮剃乾癟魚鱗
夢想沉沒　我
絕不告訴你玫瑰的秘密

秋之外

紅白輝映的兩棟水泥建築挺胸緊抱
午後如春的四十五度斜陽

雙翅拍碎空中金色的樓閣
白鴿低空盤旋成一片揮之不散的雲

圓形廣場不見繞圈追逐不知向左向右的人群
階梯上只有十二隻威武的麻雀低語關於新月早逝的流言

迎風處一對父母以相機複製相距三十年乘與三十步的稚子
髮辮與酒窩一面努力搶奪鏡頭的關注　一面
提防小熊玩偶坐在臂彎佔據童年的風采

如何測量被銀河吞噬地球吸附群山監禁的盆地之外一切弔詭

終究會有白雪公主曬黑而愚公再也搬不動山的一天
終究妳會收到取代絨布娃娃的進口情書

當太陽逐漸稀薄成不斷回沖的大吉嶺紅茶
開始懷念溫暖眷戀緩慢　並且嘶吼

鄰家嬰孩的洶湧哭喊淹沒梵谷的向日葵

暗的天

世界喧鬧得太安靜
我坐在這裡
將整片晚霞看老
風拂面
樹低搖
越黑越低越低越胖的雲險險觸礁
當跑道上不規則分佈的水潭
捕獲夕陽的容顏

野獸花
蹈理

殺戮或救贖
只有夜中不寐的夢知道

不如歌

當世界的容顏被世界扭曲
（迴遊式的鯊魚必須一生泅游）
當歸家的夜行者誤入霓虹的陷阱
（海水流來生存的希望，生命的苦）
當天生的殘缺榮獲後天等值的訕笑毆打
（只有死亡才能使每片魚鱗寧靜）
當太大的悲哀與微小的命運正面撞擊

（自由是被束縛的海洋，低頭是岸）
當所有情緒宣洩前必須通過框架的評鑑
不如
歌
不
如歌

紙是

紙在火爐盛開
一朵紅到無法直視的玫瑰
如同世上的愛
甜美，帶刺

紙於陰影蛻變
滿佈稜角的心靈

漸漸內斂成含蓄的花瓣
孵化下一顆夢

紙在光中老去
僵硬成蒼白的珊瑚
燃焰之外，酷日依舊肆虐
直到風起，此生飛揚成灰
點點粉蝶
尋覓，彼岸之夢

病島

搭乘文明以電波織就的翅膀俯視生命來去
紅白之間
書頁盡責翻動百年筆墨興亡
隔離不了的是地球慌盲
呼　吸

明天蒙面衝刺
昨日踏淚徘徊

人造道德死守亮黃膠線捆繞的病毒
脂肪永遠燒不出智慧與自然共舞
半導體只能組合半個天地

中年男子從天橋跳往幸福
顏色互異的影子街頭彼此挑釁
十歲孩童至少要懂十項才藝
淨直柏油路的璀璨霓虹照不亮海角石屋

別賦

後青春期騷動撞我成傷
輕輕

別再問我永世投身向土的落葉能否亮成來年
繁花一地

別再問搖籃內單純的小小情感為何僅存　當
每日新鮮的黑白誤解和七彩口水一黨獨大

噴發知識火光的大門終究轉向山巔
寂靜，是此刻浪漫的合音

莫怪我不懂肚臍以外世界遼敻柔美如果
眼眸的亮度足以洞穿未曾躡足的巷弄與堡壘
如果吐自無鬚之唇的高亢青澀無須被
歲月流經的溝渠翻譯如果今晨
戰場擁擠教室荒蕪
生與死的座位皆為我保留　執著
已不再是唯一年輕的美德

別再問我吻一朵被圍牆擁抱的茉莉是否正確，只因
抽芽的土壤太過荒涼

是否允許傳說的美好昇華成沙灘上最後的虹
別再問我地球依照憲法３８９５條轉動　是否

新年快樂

噴火的街頭我們取暖
二千三百萬雙手臂擁抱成人造圍牆
從寒冷到寒冷，黑到白
時間的河流哺育每一頭飢餓的靈魂
大公無私，無視願望欲望形狀各異
在煙火墜落之前，勢必尖叫
如同春花嬌媚前的第一聲雷
下巴勢必抬高，當天空可能隨時飄落

盆地的最後一場雪
鐘聲響起，高貴的神以巨大的彎道測驗
所有美好品德的抓地力是否足夠
以山崩海嘯做為背景音樂是華麗的選擇，慶祝
我們又活過了上一秒與這一秒之間的遙遠距離

變形

〇、解脫

群葉紛落成青澀的註腳
在工人以刀鋸臨摹死亡之後
一棵樹即是最赤裸的象徵
吸引來自四方的詮釋，羞赧地
只因失去掩護的枝幹就像所有人
卸下妝扮的臉

⬆、挺舉的手掌

等視線調整成絕對尊敬的仰望
風，從荒蕪的沙地吹起迷濛
一陣細密如汗珠的黃泥
緊貼破土而出的胳膊
無葉的細枝是猙獰的手指
每一根暗暗的曲線共同編織
捕捉太陽的陷阱
納天地之光於自己冷肅的掌
遂釋放，一口陰沉的呼吸

⬇、電之尾

鋼鐵的聲音自天空響起
墨黑雲團不斷推擠、摩擦
剎那間——閃電化作樹幹
倒插顫抖的焦土，當
一切以漠然的姿態俯視

▽、無頭舞者

直到落日點亮一盞西懸的燈
樹的影子逐漸拉長像最輕薄的袍

無光處，將預約成今夜的舞臺
根如雙腳併攏
曲折與橫斜，皆為手勢
在遠方的眺望中，一位舞者
擺脫被強行切斷的前世，翩然
躍動。儘管青春早已伐盡
頭顱隨著夕陽，滾落

■、哭木

在所有動詞入睡的夜
一棵樹自以為是剛強的石雕

當液態的情感自全身的冰冷切面
蒸發，脈管僵硬成不朽的紋路
永恆的主格，唯靜

○、新生

嘈雜的痛之後
一位斬盡塵緣的樹，決定
出走，僅存的主幹即為天地間
必要的一筆：日夜是輪轉的背景
雲飄成隨意的印痕，風
流出迎面的神韻——

獵物

大雨

青色青葉
黃色黃燈
黑色黑傘
俱浮沉在
被流線暫佔的世界
方向何寄
襪中躁鬱蠢動的點點濕意冷笑
不答

堤外畫

橋樑住在河背
河住在浴後的夕陽
夕陽住在你的眼
雙眼，是鳥聲飛舞的秋天

當親愛的黑再次綁架整片天空藍
彩霞在秋季溫柔早退
落日失溫

素顏的涼圓
遠方浮沉
彼岸山巒迅速凝固成鐵灰色的褲腳
流水掙脫河岸的擁抱
洶湧成海
蘆葦的腰彎得比上一秒更白

風箏住在天空
天空住在旅人的夢
夢住在堤畔暈暈的燈
燈住在暗暗的歸途

樹蔭下，狗群以尾巴指揮
黑夜的降落
高架橋與交流道的協奏
吠聲中，斑斕起伏
車輪輾碎逆風
落葉發出此生最清脆的哀號：不曾
花——
秋意，不過是
春的倒影

火住在兩人的夜
夜住在無人的河堤

夏山

空氣飄浮烤香腸快樂的歌唱
只吃觀光客的冷氣公車紛紛鼓掌叫好
夕陽聚焦歸客
影子熱成稀釋的麥芽糖絲
黏合山與海的嫌隙
此刻爬行的石路疲於蜿蜒
一如飛過遊客頭頂的
烏鴉嘶啞

漫漫

黃昏的頭顱
急速涼成遠方無色海島
秋光衰老到無法邁步
夜，突然破出一處過胖的洞
月亮癡肥發光
俯察地面高高低低的亮點為何無眠
……河景漫漫
遂流淌成此季最費解的默片

齒鍊與鳥都是不可得罪的大人物
嘹亮似左轉超速時後方的喇叭齊唱
無味之風緩緩自東北進襲
拍打日夜交替的裂縫
風箏守候手掌許久許久
河流，是關不住記憶的傷口

火成島

山巒緩緩自焚
熔毀於濃稠的綠
遂沉默不語
等待試圖釣浪的新月

我的右手彎曲如象鼻，亦如人權
鬥士的背
左手握拳

怒昂為長鳴的牛首
我的髮流成白沙
與夕陽共同染亂後方躡足而來的夜

至於浪邊那顆愛幻想的圓顱
是將軍
或面壁的祖師
都已無關堤岸、石碑與水庫的事
海風終究冷卻歲月
喘息
凝固歷史的背脊——
火成一座島

流白

許多花瓣生長於風
——一座白塔空中飄落
以心朝拜
我是目盲的信徒
桐花緩緩，如白色的風輕托
紙屑，以粉身碎骨的結局

點綴
殺氣騰騰的驕陽

白色水珠是山的餘韻
花瓣像瀑布，衝刷垃圾與噪音
遊客如石，生命自頭顱
無常飛濺……

桐花流淌成漫山遍野的牛奶，浸潤
山的角質，我的足跡
香氣中溫柔軟化
觸地不融的雪，是春之遺囑

花瓣，飛為早起的螢火蟲
晚霞已織就夜幕的邊飾
一道曚曨的銀弧如山勢起伏
星光，不過是花的前世

疆河

河面是人類禁行的快速道路
風超速，倒影逆行
鳥聲裁決一切的湧動
從堤岸到河心的金黃燈影
鑄成鮮明而虛幻的捷徑
水波凝滯
唯一的乘客
時間前進

吃情

永不結束的故事

從沙漠到沼澤的男孩，認識另一位從草原到沼澤的
女孩從相處到相愛——依偎的客運座椅見證去來南
北的甜蜜

綿綿的風酸酸的雨陣陣的雷鬱鬱的雪

從駱駝哭成鱷魚的男人，對著燃燒的飯菜忍住眼眶
向從羚羊躍成鷺鷥的女人說以後要多吃一點而此刻

餐廳外孤單的路燈，正煩惱如何同時照亮一條路的

兩　　　　　　　　　　　　端

末了

「當黑夜的眉終無聲地圓成嫦娥的眼，當乳燕已能獨自南飛，希望妳我都還能想起——春日午後曾經陽光，佔山為王的杜鵑含笑凝視：雙手如秋千舞盪蝴蝶繞髮香……」

「雲會記得？」

有淚，生煙

滄浪翻滾代代承襲的宿命在你我雙瞳洶湧
海底深處除了寶特瓶還有發黃的相片搔首弄姿
月光緩緩耙過沙灘犁過記憶
明亮地搜尋傳說中被一句承諾退貨的
珠寶是否仍緊繫紅羅裙擺翻飛在矛盾之間
有鼓燦然響自海波與白珊瑚的竊竊私語
淚不畏遙遠滴落曾向上捧抱的手掌與懷胎十月的蚌

藍色的擁抱一如浸泡童年的西子灣溫暖異鄉
田陌不再起降咳嗽的杜鵑而是共同指點的青鴻翩翩
日影偏斜熔化水天交界熔化歷史熔化色彩熔化妳
暖流沿鼻樑拍打扣問堅挺的三角峭壁
玉人啊怎經得起世塵磨損纖細的眉梢指尖
生生世世輪迴紅黑的疑惑
煙之外是我堅持不知何方的楊柳渡頭

歌搖

假如夜是純黑，海洋搖晃
島嶼靜止，風才存在
風存在波浪和水泥的臉頰
蜷曲的犬吠湧出暗巷
淹沒城市淹沒不眠的光
行道樹依序鞠躬，溫馴地
休止成永恆的路標

雨，聆聽自己失速的迴響
唯獨四方的冷緊握匕首，雕琢高樓
高樓是今夜多孔的笙簫

當套房搖晃如兒童樂園的飛船
床是靜止，你才存在
你存在浪起的床緣
擁抱的長髮捲成黏人水草
背脊是波折連連的拉鍊
密封囈語和掌紋
綿被般溫柔的潮水持續拍岸
鋼琴以礁石之姿注視

月光與魚

月牙紅了，自遠遠南山莽撞出鞘
凝視泡沫在珊瑚與寶特瓶之間
緩緩蛻為逡巡日夜水天交界的熱帶魚
豐鰭揮擺，混濁潮浪匆忙退至堤外人車茂盛
留滿床空白，交付靜默的海去討論
宇宙中最長最重的疑問：
魚與月一夜相逢，是否
已攜手走入陰晴圓缺的悲歡迴道

風雨無畏

烏雲和流刺網，無畏

躍離陌生躍離冰冷躍離千年安身的海域深沉
一如遠祖化龍而去

重新學習優游，無須洋流的多變與礁石的頑固
無須如雲變幻的口頭承諾
海洋對雨的寬容、山之於回音的尊重
仍為賞花的必要條件，歷劫無悔之後
當道德與至情親密和油膩原諒與粗心反覆辯證
有風，吹捲那夜相互取暖的筆墨和答——
水之源，故事汩汩而歌：

婚迷

迎風眺望，背影
起伏如戴花不語的峰
月光凝結成天幕上滿滿的一盅酒
蟬聲醉落，南風閃爍
子夜星圖緩緩飄搖，擴散，流轉
城市的燈火狂亂迷走
點燃彼此的睫毛

在高於人間的寒風裡我們擁抱
當時間已入眠
半光半影之間，我們
肅穆領受天空由暗復亮的奇蹟
在斑駁的年代依然相信
婚姻是一場以年歲為材薪的試煉
悲歡作火
體諒成爐

薪盡火滅，默默
拼合那年青春的誓約：「當熾熱
背影環繞出無缺的圓

妳我終於笑成初吻那夜
完滿燦爛的月
執手一路，不變的除了星辰更迭
妳若是春天
我就是微笑的花，永遠」

越腐詩新註

「昂首問斷
七十七輪七夕
山頽海竭
只為忮求一雙相握的手
一首相合的歌」

當青色的山不再滾落黃色淚珠
藍色的水不再皺眉　當

冬至的湯圓滾滿端午的龍舟　當
天與地的距離只剩
一根電線桿

所謂的誓言
不過是7-Eleven架上打折的廣告
不附發票

別信

街燈盪漾，小巷搖搖
含藏在旅程裡的斑點、酒窩和黑眼圈紛紛俯臥成
靜默的堤岸漫漫，擋拒
海浪鹹成最輕的終章，當遠方
路長，路黑，路崎嶇
且讓眼神返回相遇的晚春樹下
千層花開，千層白絨次第閃亮城市的夜
擁擠而無聲

十八年一釀的女兒紅是記憶中絕對的高音
宣示今日的傳說此刻揭幕：每季的好夜
都有星圖熾亮
每回深沉的吞吐都是真實
鏗鏘，不論短長……我曾為妳的眼
分享世界對立而互染的矛盾美；我曾為雙手堅強挺舉
擁抱人間；我曾為誓言中的岩石永遠凝視傳說
——花開果落
歷苦而甘——
從小滿到霜降，我們以純粹的笑聲和多慮的眼淚
粉墨生命中不可替代的一段史書
削山為紙，磨雲作墨

燦燦然不可逼視的盛夏風景是起訖兩端無悔的
玫瑰紅。海天藍。晚霞紫。星夜黑

當命運總愛以緊急彎道測驗世人對美德與美麗的平衡感
鑽石點綴的道路

平行線驀然纏結
（秋風奔放，悍然撕破夏天遮羞的最後青衣）
倒影，山峰，螢火蟲相辯無言
或許無解：我害怕我掙扎
我存在
只因時光的單程車票在手
時光的列車撞我成傷，衝擊

不忍直視不堪深思的幸福（關心與愛終究
橫亙些微而卻沉重的距離）
終究無法戒除對完美的癮
終究裸裎自己的真實與脆弱終究
我已蒼老

此次離開，早已不是輕如蚊蚋的吻
冷冷熱熱的激烈之後，紅腫的心容不下被月光
朦朧朗誦的現代五絕：「我。
愛
。雙眼皮綠長裙心型耳環公主髮型和一顆粉紅的柔軟心在

灑滿鑽石的道路驟彎之後
不夢之前。」

秋夕金黃，落葉依序清脆自爆
一行足印終於次第暈散於潮退的港岸
鞋跟起落，敲醒西風進軍的戰鼓
收復尚未心驚的日夜春秋
緩緩
月光重游海灣

蜜之等待，閃電之須

整棟宇宙的燈，此刻皆環繞在妳的瞳仁
溫暖而恆定，如一顆稚嫩的星
相隔只有半片黑夜的另一雙眼
露水在眉下凝結成限量的珠，等待反射
等待散發同節奏的光

幸福如果有劇本，妳說
腳步的顏色該如何踩踏：

探戈，璀燦炫亮
進退之間，循環來去
華爾滋的韻律，是季節交替的軌道

比賽始終繼續，分數依舊累計
過往斑駁，今日汗漬
神所調配之祕方，以驚喜的角度添入
幸福之味
如一杯清澈又濃烈的釀

追逐蜂蜜的熊，無法放棄
再次尋美的眺望

兔子捧起酒杯，優雅喝下春日
相信花果的等待
相信閃電之必須

愚想

野獸花

我以墨色的牙
吃盡滋味有異形狀各殊的情感

我用眼神為爪
獵取世界之吶喊
挑揀出所有暗中發光的寶物

我以帶血的思緒為足
追蹈前方引路的真理
儘管腳印尚未踏破天地的皮膚
記憶已雕塑每一枚昨日

我用繪滿想像的皮毛為祭品
向神換取火種
煉化犄角、趾蹼與傷痕
成就深刻成就美好成就

人

充滿形象的故事，從此成為每日的主食
奔波於世界的獸終於開闢出心靈的戰場

雙腳被壓力雕塑成可移動的根
吸取無處不在的挫折為養分，供給雙手向上
昂揚成榮耀的枝葉，結出文字的果
扁平的野獸終能長成足以救贖足以創造的花

後記

為何喜歡寫作？為何選擇臨崖放歌？

可能是因為年輕易感的心靈總是容易窺探到隱藏在表象之下的特殊情懷；日積月累，遂在心底深深深深的角落堆疊起一座想像與現實雜揉的城堡——紅牆白瓦，高聳入雲，其勢昂然不可抑，終鑽破肉身、言語、距離等障礙，無視於被嘲笑、誤解、孤立的危險，仍執意在想像的平原在流水發問的山巔在永不日落的我們早已失去的樂土，建構出屬於自己的城堡……。

對於甫跨三十大關的我來說，寫詩，更像是一項永續的鍛鍊——由生命中原始如獸的那些單純、熱切與迷茫出發，經過反覆的雕鑿、逼問與壓迫，終能散發出人性的理想光輝與矛盾衝突；並進一步以此為養料，在人生的道路上栽種出幾許美善、幾許真誠與幾許，花。

而極為巧合的是，在本書內容底定的2013年，我除了在創作成績上，從僅有的《真全與新幻——葉維廉和杜國清之美感詩學》，增生了《野獸花》這本詩集；在情感的國度中，也歷經了從單人床再回到雙人床的轉折；更重要的是，自從六年前父親離我遠去後，在天上的父殷殷盼望下，我終於從傷感的獨步轉為有神的同行。

因此，從創作、情感與心靈等方面從「一」到「二」的轉折與倍增，都讓我深深相信：這世界始終有光，不論我們是否看見，都在前方指引未來的方向；於是，由獸而人至花的昇華，自也是一道值得期待的美景、值得投入的志業。

茲為記，記一道未返的呼嘯，一朵待衍的花。

讀詩人06 PG1146

野獸花
──朱天詩集

作　　者　朱　天
責任編輯　林千惠
圖文排版　楊家齊
封面設計　陳佩蓉
封面繪者　江昭彥

出版策劃　釀出版
製作發行　秀威資訊科技股份有限公司
114 台北市內湖區瑞光路76巷65號1樓
電話：+886-2-2796-3638　傳真：+886-2-2796-1377
服務信箱：service@showwe.com.tw
http://www.showwe.com.tw
郵政劃撥　19563868　戶名：秀威資訊科技股份有限公司
展售門市　國家書店【松江門市】
104 台北市中山區松江路209號1樓
電話：+886-2-2518-0207　傳真：+886-2-2518-0778
網路訂購　秀威網路書店：http://www.bodbooks.com.tw
國家網路書店：http://www.govbooks.com.tw
法律顧問　毛國樑　律師
總 經 銷　聯合發行股份有限公司
231新北市新店區寶橋路235巷6弄6號4F
電話：+886-2-2917-8022　傳真：+886-2-2915-6275

出版日期　2014年5月　BOD一版
定　　價　250元

國家圖書館出版品預行編目

野獸花：朱天詩集 / 朱天著. -- 一版. -- 臺北市：釀出版, 2014.05

面； 公分

BOD版

ISBN 978-986-5696-01-6 (平裝)

851.486　　103003343

讀者回函卡

感謝您購買本書，為提升服務品質，請填妥以下資料，將讀者回函卡直接寄回或傳真本公司，收到您的寶貴意見後，我們會收藏記錄及檢討，謝謝！
如您需要了解本公司最新出版書目、購書優惠或企劃活動，歡迎您上網查詢或下載相關資料：http:// www.showwe.com.tw

您購買的書名：______________________________

出生日期：________年________月________日

學歷：□高中（含）以下　□大專　□研究所（含）以上

職業：□製造業　□金融業　□資訊業　□軍警　□傳播業　□自由業
□服務業　□公務員　□教職　□學生　□家管　□其它____

購書地點：□網路書店　□實體書店　□書展　□郵購　□贈閱　□其他

您從何得知本書的消息？

□網路書店　□實體書店　□網路搜尋　□電子報　□書訊　□雜誌
□傳播媒體　□親友推薦　□網站推薦　□部落格　□其他________

您對本書的評價：（請填代號　1.非常滿意　2.滿意　3.尚可　4.再改進）

封面設計____　版面編排____　內容____　文／譯筆____　價格____

讀完書後您覺得：

□很有收穫　□有收穫　□收穫不多　□沒收穫

對我們的建議：______________________________

____

____

____

請貼
郵票

11466
台北市內湖區瑞光路 76 巷 65 號 1 樓

秀威資訊科技股份有限公司　　　收

BOD 數位出版事業部

(請沿線對折寄回，謝謝！)

姓　　名：____________　年齡：______　性別：□女　□男

郵遞區號：□□□□□

地　　址：____________________________

聯絡電話：(日)____________　(夜)____________

E-mail：____________________________